AF348162

PROSOPOPÉE

A LA BIBLIOTHÈQUE

IMPÉRIALE.

PROSOPOPÉE

A LA BIBLIOTHÈQUE

IMPÉRIALE.

Par M. NECREXORIS,

On ne sait bien souvent quelle mouche le pique.
Boil. Sat. ix.

Prix : 75 centimes.

IMPRIMERIE DE P. N. ROUGERON.

A PARIS,

Chez Alex. JOHANNEAU, Libraire, rue du Coq
Saint-Honoré, n.° 6.

ET CHEZ TOUS LES MARCHANDS DE NOUVEAUTÉS.

1812.

PROSOPOPÉE

A LA

BIBLIOTHÈQUE

IMPÉRIALE.

BIBLIOTHÈQUE illustre, ornement de Lutèce
Qu'eussent envié Rome, et l'Egypte, et la Grèce,
Apollon le permet; viens, causons à l'écart :
Tout feindre, tou oser est un droit de mon art.
Approche, et si déjà mes accens t'ont frappée,
Hâte-toi d'obéir à ma prosopopée.
Mais écoute avant tout, et sers bien mon projet
J'ai de t'entretenir plus d'un grave sujet.
  Il est de ces lecteurs assidus à tes tables,
Qui, de tes mets divers gourmands insatiables,
Voudroient, quoique trop haut et durement assis,
De deux heures à quatre obtenir un sursis.
Pour moi je n'en suis point, et, lorsque je m'y place,
De n'y plus revenir tout bas je te menace,
Rebuté des tourmens qui me font acheter
Le livre qu'à mon choix tu daignes me prêter.
Un écolier d'abord fringant, libre et sans guide,
Oubliant Cicéron dans le palais d'Armide,

S'agite, et promenant par-tout ses yeux distraits,
Ne voit pas qu'il me heurte, et me serre de près.
Un imberbe rimeur, luisant d'astronomie,
Bigarré de physique, composé de chimie,
Du vent de ses feuillets rapidement tournés,
Qu m'étourdit l'oreille, ou me glace le nez.
D'un sec annotateur qui commente l'histoire,
Il faut souffrir le bras tendu vers l'écritoire.
Enfin, par leur aspect ou le bruit de leurs pas,
Cinquante originaux que je ne peindrai pas,
Conspirent à l'envi contre la solitude
Que, jusque dans ton sein, cherche la douce étude.
C'est peu, si trop souvent il ne faut me priver
D'un auteur qu'à sa place on n'a pu retrouver.
Je me plains à tort ? soit. Sans raison je murmure;
Le mal est près du bien, c'est la loi de nature ?
D'accord. Mais il s'en faut que, rendant tout égal,
Le bien soit en effet le contrepoids du mal,
Et, de l'oubli rongeur qui mine son système,
Je doute qu'Azaïs se console lui-même.
Mais tiens, prends la balance, et vois, pour un peu d'or,
Que de cuivre enfermé dans ton vaste trésor !
Ote Châteaubriant, si c'est lui qui l'emporte;
La part de la sottise est toujours la plus forte.
Ote encor, si tu veux..... il suffit, je me tais.
C'est à toi de parler. — Moi ? je vous écoutois.
Quel exorde! Grand Dieu! Que croyez-vous m'apprendre?
Et que long-temps au but vous vous faites attendre !
Cette prolixité qu'affecte le savoir,
Au Journal de l'Empire est un goût de terroir ;
Maltebrun y raffine, et Dussault le surpasse.
Ce qui leur sied, en vous auroit mauvaise grace,

Et vous n'êtes pas homme à les défier tous ;
Mais au fait, s'il vous plaît, que me demandez-vous ?
Un livre ? en quelle langue ? Arabe, Turque, Grecque,
Persane ? — Doucement, docte Bibliothèque ;
Persan, Arabe ou Turc, c'est pour moi l'Iroquois.
Je cultivois Homère, Euripide autrefois :
J'y renonce. A quoi bon leur stérile commerce ?
D'un chimérique espoir tandis que je me berce,
Que mon triste Apollon se morfond dans un coin,
Mes fortunés rivaux ont couru déjà loin.
Mais dans l'art de Molière, ou dans l'art des Corneilles,
Crois-tu qu'avec les Grecs ils consument leurs veilles ?
Libres de tant de soin, sur un nouveau métier,
Ils brodent, tour à tour, un canevas grossier,
Ou, d'ornemens tissus dans leurs sombres fabriques,
Rhabillent nos romans et nos vieilles chroniques.
    Je n'en accuse point leur médiocrité ;
Elle naît du temps même, et suit l'humanité.
Ces classiques fameux, objet de notre estime,
Hélas ! ont envahi toute la double cime.
Le champ vaste et fécond qu'ils surent exploiter,
Nos ayeux y glanoient ; que peut-il en rester ?
Est-il une pensée ou neuve ou rajeunie,
Un trope, une figure échappée au génie ?
Que dis-je ? est-il un mot, qui variant ses tours,
N'ait décrit mille fois le cercle du discours ?
Combien de vers heureux que la rime suggère,
Où l'esprit se complaît, *dont on croit être père*,
Lorsqu'un démon révèle à des censeurs jaloux
Que Racine ou Boileau les firent avant nous.
    Victorin, je le sais, pille avec hardiesse
Des hémistiches pleins qu'il recoud pièce à pièce,

Et j'ai vu de *Suard* ce tendre enfant gâté ,
Dix fois, pour des centons, en triomphe porté ;
Mais Fabre , luttant mal contre sa destinée,
Vint, du Palais des Arts , tomber à l'Athénée.
Tel est d'un sot orgueil le triste et digne fruit ,
Et , le fard essuyé, tout prestige est détruit.
On n'est plus qu'un acteur rentré dans la coulisse,
Ou , semblable au larron que souvent la justice ,
Avec le bien d'autrui, force à rendre le sien ,
Auteur de quelque chose , on ne l'est plus de rien.
   Distinguez, diras-tu, dans cet arrêt sévère,
Du noble imitateur , l'ignoble plagiaire.
Sans doute ; mais leur sort est-il si différent?
L'un demeure inconnu du vulgaire ignorant ;
L'autre , un instant fêté , retombe dans la boue :
De tous les deux ainsi la fortune se joue.
Tandis que ses amans , heureux ou plus adroits ,
Ont captivé le goût, en violant ses lois.
D'intrépides amis un escadron fidèle ,
La mode , les journaux , une actrice nouvelle ,
Tout conspire au succès ; et leur frivolité
Trouve grace, à la fin , chez son juge irrité.
Que ne peux-tu les voir , doucereux et modestes ,
Dans un riche salon déployant de faux gestes ,
Lire humblement leur drame, et , les yeux inclinés ,
Consulter les Mondors et sourire aux Phrynés ! `
C'est de-là qu'aussitôt leur gloire prend sa source,
Circule au café *Riche* , à Coblentz, à la Bourse.
Mais quelle douce ivresse égale leur bonheur ,
Lorsque , dans un palais , fière de tant d'honneur ,
Leur Minerve , en travail sur le plan qu'on arrête ,
Se croit et le pivot et l'ame d'une fête ?

Bonheur trop fugitif qu'un jour voit s'écouler!
Mais Plutus assez tôt vient les en consoler.

C'en est fait. Abjurons toute étude profonde.
Le poète aujourd'hui doit être homme du monde ,
Loin du cinquième étage et du Pays Latin ,
Chercher , dans les emplois , le plus clair de son gain ,
Vendre ses vers au cours , ainsi que nos étoffes ,
Caresser l'histrion , subir ses apostrophes ,
Courir , même en rampant , de la barrière au but ,
Et, pour se reposer , entrer à l'Institut.

—Dites-moi , je vous prie , où tend cette boutade?
Ne ressemblez-vous pas , entre nous , au malade
De qui l'humeur chagrine , et l'injuste dégoût
Ne prend rien du droit sens , et s'irrite de tout ?
Vous renoncez aux Grecs ? Vit-on , dans aucun âge,
Leur rendre plus qu'au nôtre un fastueux hommage ?
On les connoît moins bien qu'on n'en parle , il est vrai :
Je ne décide point entre Gail et Coray ;
Mais si , d'Anacréon qui le guide et l'inspire,
Saint-Victor en effet nous a transmis la lyre ,
Irez-vous le nier ? et n'en croirez-vous point
Les journaux , par hasard , tous d'accord sur ce point?
Aignan de son auteur s'est fait un adversaire ,
Et ronfle assez souvent pour réveiller Homère.
De leurs sages travaux la France leur sait gré;
Ils sont connus enfin ; vous êtes ignoré.
Que ne renoncez-vous aussi , dans votre bile ,
Au chantre des Latins retracé par Delille ?

— Oh ! ne t'abuse pas , c'est au déclin de l'art
Qu'il est beau d'honorer cet aimable vieillard ;
Mais , sous le négligé de sa muse coquette ,
Le versificateur se déguise en poète.

Sur des termes abstraits son esprit, sans efforts,
D'un mécanisme heureux fait jouer les ressorts ;
Et les descriptions que sans cesse il dévide,
D'un sujet qui n'est pas remplissent tout le vuide.
Il prend avec Milton son essor dans les cieux,
Y plane avec Virgile, et retombe sans eux ;
Et bien qu'il ait souvent mesuré la carrière,
Ses mains n'ont qu'une fois cueilli la palme entière.
Mais reprends ton discours; voyons, que prouve-tu ?
—Que c'est traiter encore un sujet rebattu ;
Que dès long-temps la cause au Parnasse est jugée ;
Que jadis l'ignorance, en école érigée,
Au mépris des anciens, à ses tristes autels
Essaya vainement d'entraîner les mortels ;
Qu'à son tour aujourd'hui, changeant de politique,
D'un culte vrai pour eux elle-même se pique,
Et qu'il n'est mince auteur, du plus chétif savoir,
Qui, de les invoquer, ne se fasse un devoir.
    —Oui. Je connois fort bien leur nouvelle méthode.
Je sais comme, au flambeau d'un traducteur commode,
Souvent même avec lui sur le texte égarés,
Ils peuvent hardiment s'y montrer éclairés.
Tel un fat, en public, voit-il un grand paroître,
Lui dérobe un salut, et feint de le connoître.
Leur usage est le même, et le conteur Bouilly (*)
Fit bien d'entendre mal *expers consilii*.

(*) *Vis consilî expers mole ruit suâ*, vers d'Horace que M. Bouilly conseille à sa fille d'expliquer de cette manière : *La force, sans conseils, se détruit d'elle-même*. M. Hoffmann, du Journal de l'Empire, a relevé la faute avec tous les ménagemens qu'on se doit entre latinistes de même force.

Un passage latin sent toujours son antique.
Ainsi, le front chargé du laurier dramatique,
Etienne, en citant Plaute, électrise les sots,
S'assied jeune et superbe au fauteuil des Perraults.
    — Etienne? encore Etienne! oh! c'est assez, je pense.
Je hais de ces combats la sotte extravagance.
Tel, par esprit de corps, se dit impartial,
Et prétend voir le mieux, qui n'en voit que plus mal.
L'un, ravalant Etienne au dessous du copiste,
Vous dit : de ses écrits interrogez la liste ;
Fertile en avortons, son génie impuissant
S'unit aux vains efforts d'un style languissant.
L'autre évoque pour lui Boileau, Boileau lui-même,
Ce Minos des auteurs, leur arbitre suprême,
Et, comme un doux encens qu'Etienne aura goûté,
De Racine, à ses yeux, l'exemple est présenté.
Tel est, des deux partis, le côté ridicule.
— Eh! la gloire d'Etienne en est-elle moins nulle ?
Le hasard fit-il seul deux *Conaxas* pareils,
Conduits au même but par les mêmes conseils?
A-t-il tendu deux fois, aux ingrats que l'on joue,
Ce piége, où chaque intrigue à la fin se dénoue?
—Quand la source est commune, il n'est plus d'inventeur.
Mais quoi! l'ignorez-vous? Le style fait l'auteur :
C'est une même somme en diverse monnaie.
Boileau, comme à la piste, a suivi *Lafresnaie* (*).

(*) *Lafresnaie-Vauquelin* vivoit sous Henri III. Ce fut par son ordre qu'il composa un *Art poétique*, dont Boileau a quelquefois profité, mais à sa manière, c'est-à-dire, en grand maître. Le poëme de *La Fresnaie-Vauquelin* montre qu'il avoit une grande connoissance des anciens, et particulièrement d'Horace qu'il paraphrase toutes les fois qu'il en trouve l'occasion. Il n'a que

L'un et l'autre au Parnasse ont-ils le même rang ?
— Etienne du jésuite est aussi différent :
C'est ce que tu veux dire, et voilà ton suffrage.
— Point du tout. Je m'en tiens au silence du sage.
Quant à vous, concluez, il en est temps, je croi.
Pourquoi m'appelliez-vous ? Qu'exigez-vous de moi ?
    — Faire ce que je blâme est ma seule ressource :
Bien fou, qui croit franchir un torrent dans sa course.
On ne veut que du neuf, on court au merveilleux ;
Le naturel est fade, et le bon sens, trop vieux.
Les genres surannés sont bannis du Parnasse ;
Du sonnet orgueilleux tu connois la disgrace ;
De bergers innocens repeuplant nos hameaux,
Irai-je de l'églogue *enfler les chalumeaux ?*
Ne vaudroit-il pas mieux, sans raison ni mesure,
Disputer à nos Sphynx les honneurs de Mercure,
Que d'assommer Cloé d'un pesant madrigal,
Ou, dans une élégie, égayer mon rival ?
A la chanson française il restoit un asyle,
Avant que le joyeux et malin Vaudeville,
Quittant, pour Jeanne d'Arc, Thalie et ses bons mots,
Osât, contre une armure, échanger ses grelots.
La satire elle-même abandonne la lice,
Compose avec les sots, et traite avec le vice.
Crois-tu qu'impunément un auteur, au Palais,
Sifflât nos *Le Maziers*, démasquât nos *Rolets ?*
Tout âge a son Perrin, son Hainaut, son Linière,
Ses Pradons au théâtre, et ses Cotins en chaire ;
Mais on ne nomme plus, et tous les gens de bien
Veulent que nos portraits ne ressemblent à rien.

---

les défauts de son temps, dont il étoit peut-être le meilleur
écrivain, et s'est exercé dans plusieurs genres tels que
l'idylle, la satire et autres.

La médiocrité règne , et vit dans la joie ;
Campenon m'affadit : je dors sur Millevoie.
Treneuil , pâle et débile en ses vers languissans ,
S'il manque du génie , a du moins le bon sens ;
Mais en vain Davrigny se travaille et se tue ,
Pour arrondir les flancs de sa muse exiguë ;
Et Tissot , au hasard , toujours pindarisant ,
Loin d'éclipser Lemaire , eût mieux doublé Cournand.
La harpe scandinave étouffe l'harmonie
De ce luth ravissant qui charmoit l'Ausonie ;
Maints grimauds , à ce jeu , dressés par Lormian ,
Enfourchent le nuage où se guinde Ossian.
Cependant les Hoffmann , et Dussault à leur tête ,
Escortent ces héros , protégent la conquête ;
D'une massue armés contre des malheureux ,
Ils partagent le sceptre et l'encensoir entre eux ;
Tandis qu'au moindre auteur d'un ouvrage éphémère ,
Le prêtre d'Apollon ouvre son sanctuaire.
Que dis-je? Sur la foi d'un poëme promis ,
Ils entrent , dans les rangs , l'un après l'autre admis ;
Et dès-lors , ô bonheur vraiment académique !
Ils dorment pour toujours d'un sommeil léthargique.
Ainsi les protégés ont leurs adulateurs ;
Riboutté seul , dit-on , se ruine en flatteurs.
  Que d'écrivains , honnis au siècle des Augustes ,
S'applaudiroient du nôtre , et nous trouveroient justes !
O prodige ! est-ce vous qu'on revoit dans Paris ,
Illustre Saint-Amand , immortels Scudéris ?
Je vous reconnois tous , auteurs de même force ,
Pelletier , dans Chazet ; dans Aimé , Bonnecorse ;
Après plus de cent ans , signalant son retour ,
L'étoile des Pradons vient nous donner Baour ;

L'astre de Calprenède, encore plus grotesque,
Fit Delrieu sec et plat; Raynouard, gigantesque;
Jouy m'offre Perrin; Mercier m'offre Sofal;
Ton esprit, Chapelain, échut à Parseval;
Les vers qui du *Jonas* firent leur nourriture,
Auront, quoi qu'on en dise, *Atala* pour pâture;
Picard me rend Boursault; mais qui, mieux que Suard,
Eut son original autrefois dans Conrart? (*)

(*) Pour épargner à mes lecteurs des frais de mémoire, je crois utile de dire un mot de quelques-uns des auteurs et des ouvrages oubliés que je viens de citer.

Conrart, fameux académicien, qui n'a jamais écrit. C'est chez lui que commencèrent les assemblées qui donnèrent naissance à *l'Académie française*, dont il fut le premier secrétaire. *Linière* fit contre lui ce couplet :

> *Conrart*, comment as-tu pu faire
> Pour acquérir tant de renom ?
> Toi qui n'as, pauvre secrétaire,
> Jamais imprimé que ton nom ?

Jonas, ou *Ninive pénitente*, mauvais poëme de *Coras*.

Sofal, ou plutôt *Sauval*, auteur d'une *Histoire des antiquités de Paris*, qui contenoit un chapitre sur les mauvais lieux, écrit, comme tout le reste, d'un style ampoulé, et chargé d'expressions et de figures extravagantes.

Perrin, auteur du premier opéra représenté en France. Ce fut lui qui obtint, en 1669, le privilége d'établir ce genre de spectacle; mais treize ans après, il fut obligé de le céder à *Lully*.

Chapelain avoit lu sa *Pucelle* à tout le monde, et n'avoit trouvé que des admirateurs; mais ce trop fameux poëme

> .... Dans l'impression, au grand jour se montrant,
> Ne soutint pas des yeux le regard pénétrant.

Gautier de *la Calprenède* avoit un style tantôt lâche et négligé, tantôt dur, guindé et gigantesque.

(15)

Ne crains pas que , plus loin poussant le parallèle ,
Je cherche des Guilbert le type et le modèle ,
Ni que des Colletets insultant les tombeaux ,
J'habille Aude ou Sewrin de leurs tristes lambeaux.
Que de noms inconnus viendroient gonfler mes rimes !
Laissons , laissons plutôt échapper des victimes.
D'où me vient , après tout , ce remords importun ?
N'est-ce pas trop d'honneur que j'ai fait à plus d'un ?

    Réfléchis maintenant ; par tout ce qu'on admire ,
Vois sur quels erremens il faudroit me conduire.

    Cherchons sous tes lambris quelque drame ignoré.
Dans un recueil poudreux , de tout temps retiré ,
Anonyme parfait , dont l'obscure naissance
Ait même de Barbier (*) trompé la vigilance ,
Qui compte quatre fois un siècle révolu ,
Et que depuis Goujet , (**) le premier j'aurai lu ;
Pièce gothique enfin qui , morte avant *Jodelle* , (***)
Soudain ressuscitée , en effet soit nouvelle.
Non , je ne raille point , il est chez nos ayeux
De ces tableaux corrects , profonds , ingénieux ,

Je ne dirai rien de *Pradon* , de *Bonnecorse* , du bien-
heureux *Scudéri* , ni de sa sœur ; ils sont assez connus.
Tout le monde sait qu'une cabale ne craignit pas de mettre
Pradon dans la balance avec Racine ; que Bonnecorse étoit
auteur d'un petit livre mêlé de vers et de prose , et que les
Scudéris desserroient roman sur roman , volume sur volume.

(*) M. *Barbier* , bibliographe très-estimable.

(**) L'abbé *Goujet* , auteur d'une *Bibliothèque française* , dans laquelle il passe en revue nos premiers
poètes et leurs ouvrages.

(***) *Jodelle* , *Baïf* , *Péruse* , nos trois plus anciens
poètes tragiques , contemporains de *La Fresnaie-Vau-*

Dont les traits, animés par un feu tout céleste,
Jusqu'au troisième ciel ravissent un Alceste,
Mais dont le coloris, altéré par les ans,
Demande une autre touche et d'autres ornemens.
Je passe le pinceau sur les rides de l'âge,
Et le moindre croûtier feroit un tel ouvrage.
Je traduis en un mot. — On vous devine assez,
Et c'est *Etienne* encor qu'ici vous pourchassez.
— Non, non, je suis sincère, et c'est ma seule excuse.
— Pillez donc, j'y consens, ou *Baïf* ou *Péruse* ;
Je ne puis l'empêcher ; suivez votre dessein ;
Mais je.... — Tu?.... — La séance est levée, à demain.

---

quelin. Je ne puis mieux faire que de citer ici quelques
vers de l'art poétique de ce dernier.

> *Jodelle*, moy présent, fist voir sa Cléopatre,
> En France, des premiers, au tragique théâtre ;
> Encor que de *Baïf* un si grave argument
> Entre nous eust esté choisi premièrement.
> *Péruse* ayant depuis cette muse guidée
> Sur les rives du Clain, fist incenser Médée ;
> Mais la mort envieuse avançant son trépas,
> Fist que ses vers tronqués parfaire il ne sceut pas :
> Quand *Sainte-Marthe*, emeu de pitié naturelle,
> De ses deux orphelins entreprist la tutelle,
> Sçavant les r'agença, leur patrimoine accreut,
> Et grand'peine et grand soin pour ses pupilles eut.
> Puis *Toutain* nous fist voir de la couche royale
> Du prince Agamemnon la traison desloyale, etc.
> Et maintenant *Garnier*, sçavant et copieux,
> Tragique a surmonté les nouveaux et les vieux :
> Montrant par son parler assez doucement grave,
> Que notre langue passe aujourd'hui la plus brave.

FIN.